AU PROFIT DES PAUVRES

25 CENTIMES

MUSSIDAN

PAR

G. PIVER

(G. C.)

PÉRIGUEUX

IMPRIMERIE J. BOUNET, COURS TOURNY, 45 (COUR DU MUSÉE).

—

1879

AU PROFIT DES PAUVRES

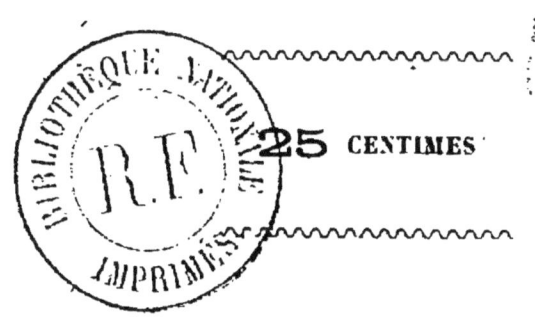

25 CENTIMES

MUSSIDAN

PAR

G. PIVER
(G. C)

———

PÉRIGUEUX

IMPRIMERIE J. BOUNET, COURS TOURNY, 15 (COUR DU MUSÉE).

—

1879

AVANT-PROPOS

~~~~~~

Depuis quelques jours, les journaux du département nous parlent tous de Mussidan, ville choisie, par la Société d'agriculture de la Dordogne, pour être le siége du concours départemental de 1879. Ils nous font espérer une série de fêtes magnifiques. Ils fondent sur le dévouement des membres de la Commission d'organisation un espoir qui, j'en suis sûr, ne sera pas déçu. Aussi, peut-on affirmer sans témérité que les fêtes seront belles.

Je crois donc payer un tribut d'hommage à ma ville natale, lui donner la preuve de mon attachement profond, en essayant de porter modestement ma petite pierre au grand édifice que le dévouement de ses enfants leur fait un devoir d'élever.

Dépeindre la physionomie de Mussidan ; rappeler en quelques mots les origines des trop rares édifices publics de cette ville ; faire revivre le souvenir des hommes qui ont pu jeter quelque éclat sur la cité ;

donner enfin aux nombreux visiteurs qui se rendront aux fêtes du concours départemental des 13 et 14 septembre prochain quelques renseignements sur Mussidan,

Tel est mon but simple, dénué de toute prétention.

Aux visiteurs qui achèteront cette brochure et qui la liront, je leur dis : « Vous avez fait une bonne œuvre, c'est pour les pauvres de la commune de Mussidan que j'ai écrit. »

Sous l'empire de cette idée, je puis, au début de mon travail, dire avec ma conscience :

Honni soit qui mal y pense !

J'entre immédiatement dans mon sujet.

G. PIVER.
(G. C.)

MUSSIDAN

———

Lorsque le voyageur vient de traverser, par les voies rapides, les coteaux caillouteux de la ligne de Brives, les cimes escarpées et boisées de la ligne d'Agen et de Limoges, et qu'après un arrêt, quelquefois trop long, à la gare de Périgueux, la vapeur le conduit sur la ligne de Bordeaux, un sentiment de satisfaction s'empare de lui. Ce voyageur éprouve une sensation semblable à celle que ressent un homme longtemps enfermé dans un étroit espace et qui, tout à coup, est mis en liberté.

Dès qu'on a franchi le pont biais jeté sur la rivière de l'Isle, l'horizon s'élargit. Le touriste comprend qu'à quelques kilomètres de là le pays va changer d'aspect. Enfin, de la montagne on se sent peu à peu descendre dans la plaine.

Cette transformation du sol se remarque surtout en arrivant dans les environs de Mussidan : elle est complète après avoir dépassé cette dernière ville. Là, point de ces vallées étroites qu'on remarque dans le

Limousin ; nulle trace de courbes sinueuses serpentant le long des rochers comme celles qu'on remarque sur les voies de Brive et d'Agen ; rien que la plaine avec ses vastes horizons. Par suite, une voie ferrée en ligne droite qui permet d'embrasser d'un seul coup d'œil le pays tout entier.

Le touriste se trouve ainsi transporté dans les campagnes du Bordelais, plaines riches et verdoyantes, dont quelques-unes, celle de Coutras entr'autres, ont une célébrité historique.

Mussidan est la porte d'entrée donnant accès à ces plaines. Il est le trait-d'union entre le Bordelais et le Périgord, comme Thiviers est la ligne de démarcation entre cette dernière province et le Limousin.

A l'encontre de ces derniers sites, le paysage change entièrement aux approches de Mussidan. L'œil n'est plus frappé, dans les champs, par ces clochers carrés, lourds, peu gracieux et couverts de chaume qui accompagnent les églises du Limousin et de la contrée du Périgord qui y touche. Ici, au contraire, la vue du voyageur se repose agréablement sur d'élégants édifices que surmontent toujours des clochers en pierre de taille, au sommet desquels s'élève une flèche légère, gracieuse et percée de nombreuses ouvertures.

Ce genre de construction est, on peut le dire, le trait caractéristique des églises de la Gironde et des contrées du Périgord qui avoisinent ce département.

Mais à côté de la différence d'aspect topographique, lecteurs, vous remarquerez encore un changement notable dans les allures, le costume et la physionomie des habitants.

Vous y chercherez en vain la démarche lourde et pesante des indigènes des coteaux limousins.

Vous ne remarquerez plus le teint hâlé des jeunes filles mises sans recherche, négligemment vêtues, habillées sans goût et sans coquetterie.

A Mussidan et dans ses environs, vous serez séduits par la toilette simple, il est vrai, mais propre, toujours coquette des jeunes filles. Vous y remarquerez surtout le type de la *grisette bordelaise*, à la taille svelte, à la démarche légère, type enfin qui séduisit plus d'un de nos ancêtres, dont nous, les petits-fils, partageons encore, au moins sur ce point, les idées et le bon goût.

Amis lecteurs, après votre séjour à Mussidan, vous serez tous de mon avis !

Avant de pénétrer dans la ville, examinons le tableau que le train, arrêté par le disque de la gare, nous donne le temps de regarder.

En face de nous, la plaine régulière nous permet d'apercevoir au-dessus du coteau qui borne l'horizon, un mamelon dont le sommet, couvert d'un gracieux massif d'arbres, semble indiquer que, là, quelque chose de grand a dû se passer autrefois.

C'est le lieu dit du Bost !

Mussidan ne peut pas revendiquer au point de vue géographique ce plateau : il est situé sur le territoire de la commune de Sourzac. Cependant, dans l'histoire de Mussidan, il a son importance.

Comprenant que l'idée de la patrie n'est pas restreinte à une délimitation conventionnelle, qu'une limite tracée par la volonté des hommes ou les caprices du vainqueur, ne suffit pas pour détruire les sentiments de solidarité, les patriotes mussidanais, contemporains de notre immortelle Révolution, choisirent ce mamelon pour y dresser, en 1792, *l'autel de la Patrie*.

C'est là, qu'établi par eux, ce sanctuaire, dominant ainsi tous les pays environnants, semblait affirmer par l'application ce principe libéral et juste, cette sublime idée « que l'amour de la patrie doit avoir le premier pas sur tous les sentiments et sur toutes les affections qui peuvent éclore dans le cœur de l'homme ».

Nous inspirant de l'idée généreuse de nos devanciers, n'oublions pas, mes chers compatriotes, que les limites de convention tracées on ne sait comment, mais marquées, hélas! par une ligne de sang, ne sont pas pour nous le point fatal où doivent finir nos affections.

Au-dessous de cette butte pour toujours historique, nous voyons le plateau des Châtenades, plateau essentiellement intéressant au point de vue géologique. Il offre surtout un vaste champ aux recherches archéologiques.

On y remarque des traces nombreuses de silos.

On peut sans crainte voir là une station importante de pierres taillées, de haches celtiques et d'objets préhistoriques.

Malgré l'affirmation de certaines autorités, nos maîtres en cette matière, aucune trace de dolmen n'a été découverte sur ce plateau.

En face de nous, et dans la plaine, nous remarquons le pont à cinq arches construit pour le passage de la route départementale de Bergerac à Ribérac.

Comme architecture, ce pont n'offre rien de remarquable ; nul n'ignore que, dans la crue de l'Isle, en 1839, la première arche fut emportée par la rapidité du courant. Rétablie depuis, le pont résiste chaque année aux débordements de la rivière et paraît vouloir résister longtemps encore.

Un peu plus bas, l'on aperçoit l'embouchure de la Crempse, ruisseau sur le compte duquel nous reviendrons et qui se jette dans l'Isle. Ce point est remarquable par la quantité de poissons qui se laissent capturer à cet endroit.

Si même, observant attentivement, vos yeux peuvent percevoir nettement à cette distance, vous verrez adossé au dernier tilleul de la promenade qui borde le ruisseau une ombre noire, un pêcheur, imprimant un mouvement régulier à une ligne volante, lancée élégamment sur la surface de l'eau. Bientôt aussi vous verrez un poisson, promptement enlevé de son élément, s'agiter, mais sans succès, au bout de l'hameçon.

C'est là le tombeau des *ablettes*.

Pauvres petits poissons, ne savez-vous pas que *l'eau gère* tous vos mouvements ?

Ouf ! le train part ! nous sommes en gare de Mussidan !

Si, après avoir jeté un coup d'œil rapide sur les

2

bâtiments qui avoisinent la station et après vous être dit que les vastes constructions situées en face mériteraient d'être utilisées vous suivez le train qui reprend sa marche, vous verrez le modeste hangar qui sert de bureau pour les livraisons des tabacs.

D'aucuns l'avaient baptisé du nom pompeux d'*Entrepôt*.

Suivant l'avenue de la gare et la route nationale n° 89 de Lyon à Bordeaux, nous arrivons bientôt au milieu de la ville, après avoir remarqué l'aspect imposant qu'offre le point de vue au tournant de l'hôpital.

Ne cherchez pas, vous qui nous faites l'honneur de visiter Mussidan, les monuments qu'ont pu édifier, soit les ouvriers du moyen âge ou même ceux des époques plus reculées : vous ne trouveriez presque rien. Nous décrirons, dans la suite, les quelques vestiges qui nous restent.

Entièrement rasée à deux reprises différentes, pendant les guerres de religion, la ville de Mussidan *n'existe pas* au point de vue archéologique.

Aucune trace, hélas ! d'architecture romaine, byzantine ou gothique.

Moins favorisé que certains chefs-lieux de canton de la Dordogne, Mussidan ne peut montrer que des monuments modernes.

En revanche, l'hospitalité large et complète qu'offrent toujours les Mussidanais aux étrangers qui les visitent, l'aménité de leur caractère, seront une compensation à la pénurie des monuments archéologiques de notre chère ville.

Commençons donc sa description :

Origine de Mussidan.

M. l'abbé Audierne, auteur du *Périgord illustré*, ouvrage dans lequel j'ai puisé beaucoup de choses pour compléter mes notes personnelles, nous fait connaître que Mussidan semble tenir son origine de la famille consulaire *Mussidia*.

Cette famille devait incontestablement avoir une certaine influence et jouir de grands priviléges, car on trouve dans le Périgord de nombreuses médailles frappées à son effigie. Nous croyons utile de faire passer sous les yeux de nos lecteurs les quelques lignes que M. l'abbé Audierne a bien voulu consacrer à Mussidan.

Ce savant archéologue nous apprend « qu'en 1360, » Raymond de Montaut de Castillon II en était le » seigneur. Il constate que la ville a eu à soutenir » quatre siéges en peu d'années. En 1563, les protes- » tants l'assiégèrent et la prirent avec son château : » de Piles et Larivière commandaient l'assaut : en » 1569, Montluc, assisté du comte d'Escars, du duc » de Guise, du comte de Brissac et de MM. Lavau- » guyon et Pompadour, lui fit subir un siége de huit » jours. Les comtes de Brissac et de Pompadour » périrent dans l'assaut. »

Nous raconterons, au chapitre des hommes remarquables, comment ces deux guerriers trouvèrent la mort sous les murs de Mussidan.

« Après la prise de la ville, la garnison fut passée au
» fil de l'épée. En 1587, les protestants, victorieux à
» Coutras, s'en emparèrent avec toutes les autres
» places qui bordaient la rivière de l'Isle, et, en 1591,
» Mussidan, de nouveau assiégé, fut pris par M. de
» Monpezat, gouverneur du Périgord. C'est à cette
» époque qu'il fit présent à la ville de Périgueux de la
» couleuvrine que l'on voit aujourd'hui dans le Musée
» départemental. Les environs de Mussidan offrent
» quelques restes d'antiquités. »

Quelques notices historiques disent aussi que, vers 981 ou quelques années plus tard, les Normands s'emparèrent du château de Mussidan, après avoir ruiné l'abbaye de Sourzac.

Après les dégâts nombreux que la ville dût subir durant ces divers siéges, le visiteur comprendra et s'expliquera l'absence de monuments anciens ou contemporains des guerres de religion. Tous furent rasés après les différents assauts.

Un seul, cependant, semble avoir résisté à ce vandalisme, c'est

L'Église Notre-Dame.

Cette ancienne église, située sur la place de ce nom ou place du Marché, est aujourd'hui absolument abandonnée par le culte ; on y arrive par une pente assez rapide ; le bâtiment, qui forme un carré long, sert aujourd'hui de halle au blé. Il est le lieu où se tiennent les réunions générales et nombreuses des sociétés de la ville ; quelquefois aussi sa vaste nef sert de salle de concert et de distribution de prix.

L'histoire de sa construction mérite d'être rapportée ici :

Vers l'année 1650, Mussidan possédait comme curé un prêtre nommé Belledent.

L'idée, fort naturelle, du reste, chez un prêtre, lui vint de faire construire une église pour les besoins du culte.

A cette même époque, le duc de Caumont-Laforce était gouverneur de Mussidan : il appartenait au culte protestant dont il était un des plus fermes soutiens. Jaloux de conserver intacts tous les droits que lui donnait son titre de gouverneur, il s'opposa au projet de l'abbé Belledent, lui déclarant que, dût-il employer la force, l'église projetée ne serait pas construite.

Malgré cette défense, le curé ne se tint pas pour battu.

Dans un sermon adressé à ses paroissiens, il convoqua, non-seulement les habitants de Mussidan, mais aussi les paysans des environs, *pour se rendre un jour de samedi à midi et en armes* à l'endroit où il avait projeté d'édifier l'église Notre-Dame.

Obéissant à l'invitation qui leur avait été adressée, les habitants de Mussidan et ceux des campagnes voisines se rendirent au jour et à l'endroit fixés. Ce que voyant, le gouverneur de Mussidan envoya, selon sa menace, ses gentilshommes et hommes d'armes pour dissiper le rassemblement.

Une lutte terrible s'engagea entre les fidèles du curé et les hommes du gouverneur. La légende affirme qu'un Mussidanais nommé Deveaux périt dans la lutte. Les hommes d'armes du gouverneur furent contraints de battre en retraite.

La victoire resta aux paysans conduits par leur pasteur. Alors le curé Belledent invita ses fidèles à lui prêter main-forte et secours pour bâtir son église ; et. dans le délai d'un mois, grâce au concours de toute la population, l'église fut édifiée telle qu'elle est à peu près aujourd'hui.

Pour conserver le souvenir de cette victoire, le curé Belledent fit graver sur une pierre, qu'on peut voir intacte encore au chevet de l'église, la maxime suivante :

Mea rupes Christus est :
Nullà vi superabor.

Mon rocher est le Christ ;
Je ne serai vaincu par aucune force.

Que de regrets a causé aux âmes pieuses de la ville l'abandon complet de l'église de Notre-Dame-du-Roc !

Église Saint-Georges.

Cette église, bâtie depuis quelques années, n'offre, au point de vue architectural, rien de bien remarquable ; elle a la forme d'une croix latine.

Au-dessus du portail d'entrée, on remarque une pierre sculptée représentant saint Georges terrassant le dragon.

Vers le milieu du clocher se trouve également un écusson portant les armes de la ville de Mussidan, qui sont : *d'azur à un saint Georges terrassant un dragon*, le tout d'or.

En pénétrant dans l'intérieur de la basilique, le visiteur sera surpris de l'état de pauvreté de cette église ; mais l'argent est non-seulement le nerf de la guerre, mais aussi celui des embellissements.

Cependant, grâce à certains dons généreux, quelques vitraux ont été placés aux fenêtres.

Sur le côté gauche du maître-autel, on remarque une plaque en marbre blanc posée par les soins de la municipalité de l'époque, qui nous fait connaître l'histoire de cette église ; on y lit :

« Cette église, dédiée à saint Georges, patron de la » paroisse, a été commencée le 26 avril 1863 et con-» sacrée le 21 octobre 1866, sous le pontificat de » S. S. Pie IX et sous le règne de Napoléon III.

» Mgr Dabert étant évêque de Périgueux et de » Sarlat.

» De Girard de Villesaison, préfet de la Dordogne, » M. de Vassal de Montviel, curé.

« M. Chastanet, maire ; M. Piotay, président de la » fabrique.

» M. P. Abadie, architecte.

» M. E. Vauthier, inspecteur. »

Si le visiteur monte à la tour du clocher, il remarquera trois cloches.

La première, dite la Grosse Cloche, porte les inscriptions suivantes :

« Je fus bénite et nommée Clotilde Géus pour l'an
» 1868, sous le règne de Napoléon III, sous le ponti-
« ficat de SS. Pie IX, M⁣ˢʳ Dabert, évêque de Péri-
» gueux et de Sarlat ; de Vassal de Montviel, curé de
» Mussidan, chanoine honoraire, et Joachim Chastan,
» vicaire.

« Parrain : M. Jean-François-Arthur de La Brousse,
» docteur en médecine, et pour marraine, Mᵐᵉ Sica-
» rie-Lucie Bosviel, épouse Dupuy.

» M. Léonard Piotay, président du conseil de fabrique et membre du Conseil général.

» Fondue par Antonin Vauthier, à St-Emilion. »

La deuxième cloche, porte les inscriptions suivantes :

« Bénite sous le pontificat de Pie IX, Mᵍʳ Dabert,
» évêque de Périgueux et de Sarlat. Curé, de Vassal
» de Montviel. Maire, Hilaire-Auguste Chastanet.

« Parrain : Piotay, docteur-médecin, membre du
» Conseil général ; marraine : Marguerite-Amélie De-
» reix, épouse Chastanet.

» Vauthier, fondeur. »

La troisième cloche, dite Petite Cloche, a sur ses
sœurs l'avantage d'être une antiquité ; elle porte des
inscriptions en lettres grecques, à peu près complète-
ment effacées aujourd'hui.

En descendant du clocher, le visiteur pourra peut-être se demander comment les inscriptions mises sur la grosse cloche n'ont pas été complétées comme sur la seconde cloche par les noms des membres de la municipalité de l'époque.

Amis lecteurs, vous chercheriez longtemps le motif de cet oubli, et son explication n'entre point dans le cadre de cette brochure.

Le visiteur remarquera également les deux coquilles marines qui servent de bénitier, placées à la porte d'entrée.

Derrière l'église, et sur un plan plus élevé, se rouve le presbytère avec ses dépendances.

Mairie et Collége.

Les bâtiments qui servent aujourd'hui de mairie et dans lesquels se trouvent installés le collége et le prétoire de la justice de paix, forment un carré long avec deux ailes aux deux extrémités.

Ils furent fondés et bâtis en 1770 par deux Mussidanais : MM. Chaminade et Moze.

Primitivement, ils servirent d'asile aux jésuites, qui y établirent un collége dans lequel ces religieux donnèrent l'instruction jusqu'à la Révolution de 1789.

Sans le secours d'aucune loi Ferry, le peuple chassa, en 1792, les jésuites de ces bâtiments. Il en prit possession au nom de la Nation ; le collége et ses servitudes furent déclarés biens communaux, et, depuis, la

ville de Mussidan en a la pleine et entière possession et jouissance.

Le portail d'entrée, qui se trouve sur la route nationale n° 89, a un cachet imposant ; à droite de ce portail, on remarque l'ancienne chapelle du collége, qui sert aujourd'hui de salle de gymnase et de dépôt pour les pompes et le matériel d'incendie.

De tout temps, et sauf une interruption trop prolongée, hélas ! Mussidan a possédé un établissement d'instruction secondaire.

Aujourd'hui encore, un pensionnat comptant un grand nombre d'élèves est dirigé par M. Henri Pommier, ingénieur civil, ancien élève de l'école des Arts et Manufactures. Les succès toujours croissants des élèves qui sortent de cet établissement sont un sûr garant de l'instruction complète que les jeunes gens reçoivent dans cette maison d'éducation.

Bientôt, grâce à l'administration prévoyante de M. Ordéga, maire actuel de la ville de Mussidan, appuyé par le conseil municipal républicain, les vieilles constructions, tombant à peu près en ruine, vont faire place à un superbe monument, dont le plan, savamment conçu, est dû à M. Mandin, architecte.

Pour atteindre ce but, les conseillers municipaux et les plus fort imposés de la commune ont dû voter des fonds considérables et, par suite, imposer à la ville de lourds sacrifices.

Mais le patriotisme et l'intelligence de la population de Mussidan a complétement approuvé cette décision.

Car ils ont tous compris, magistrats municipaux et pères de famille, que ce n'est que par l'instruction qu'on élève le niveau moral du peuple, qu'on peut arracher ce dernier au fanatisme et à la superstition et qu'on forme des citoyens dignes de la France et de la Liberté.

Mussidan ne veut pas rester en arrière ; aussi lui disons-nous trois fois bravo.

Hospice.

L'hospice de Mussidan est situé sur la route nationale n° 89 ; sa façade, donnant sur cette voie publique, est entourée d'une grille en fer, autour des barreaux de laquelle grimpent toutes sortes de plantes.

Ce rideau de verdure, remarquable par sa végétation, est, je crois, fort nuisible à la solidité de la grille.

Fondé vers 1650, par le duc de Laforce, l'hospice de Mussidan fut reconnu légalement par lettres patentes du roi Louis XIV, en date de 1707.

Il est dirigé aujourd'hui par les sœurs hospitalières de Sainte-Marthe du Périgord.

Grâce à de nombreuses libéralités, on peut dire que l'hospice de Mussidan est riche.

Parmi ses principaux bienfaiteurs, il faut citer :

1° Delord-Bessines, qui donna audit hospice et par acte devant M° Ollivier, notaire au Châtelet de Paris, le tiers d'une maison située à Paris, qui, vendue, par licitation, produisit la somme de 62,262 francs.

2° M. Delage, curé de Saint-Médard, qui donna à l'hospice la métairie de Villedieu, qui, après plusieurs échanges, produisit, au profit de l'hospice de Mussidan, une somme de 50,000 francs.

Les salles contiennent actuellement trente lits, dont dix pour les hommes, dix pour les femmes, quatre pour les militaires de passage et six pour les enfants.

Les malades y sont soignés par cinq sœurs de l'ordre de Sainte-Marthe.

La chapelle de l'établissement, à l'encontre de l'église paroissiale de St-Georges, se présente aux yeux du visiteur sous un aspect riche. On y remarque notamment l'autel en bois qui vient de l'abbaye de Vauclaire, canton de Montpont.

Caserne de Gendarmerie.

Mussidan est le chef-lieu d'une brigade de gendarmerie.

Les bâtiments sont larges et spacieux. Les écuries sont séparées du logement des gendarmes par une vaste cour, au milieu de laquelle se trouvent une pompe et un réservoir d'eau, qui permettent d'abreuver les chevaux de la brigade.

Un jardin potager y est attenant, et chacun des hommes a la faculté de pouvoir le travailler.

Cet immeuble est affermé par le Département à Mme veuve Hilaire Chastanet, qui en est la propriétaire. Il faisait partie autrefois des immeubles appartenant à la famille de Beaupuy, dont le lecteur trouvera l'histoire au chapitre des hommes remarquables.

Promenades et places publiques.

Mussidan possède :

1° La place Beaupuy, située en face de l'hôpital, où se tient le marché des moutons.

2° La place Notre-Dame, près de l'ancienne église du même nom, où a lieu le marché de la volaille, et qu'une intelligente réparation vient de rendre accessible aux voitures.

3° La place du marché aux bœufs, où se donnent rendez-vous, ainsi que l'indique son nom, les jours de foires et de marchés, les magnifiques animaux engraissés par les éleveurs émérites du pays.

Sur cette place, on remarque la bascule et poids publics, où, moyennant une légère redevance, les propriétaires et acquéreurs peuvent vérifier et contrôler le poids de la marchandise par eux acquise.

4° La place Morand, ou marché aux vaches, où se donnent rendez-vous, tous les samedis, les éleveurs pour le commerce des jeunes veaux de lait ; industrie qui est une des sources de richesse du pays. Tout près de la place Morand, on remarque la halle ou marché couvert, qui fut construite vers l'année 1850.

5° La promenade dite des Ormeaux, dont le nom tend à être remplacé par celui d'Allée des Tilleuls.

Primitivement bordée de magnifiques ormeaux, qui, en l'année 1850 et sous l'administration de M. Baronnie aîné, furent remplacés par des arbres essence tilleuls ; cette belle promenade, que beaucoup de grandes villes seraient fières de posséder, est le rendez-vous des flâneurs mussidanais.

6° Traversée par plusieurs bras de la Crempse, la ville de Mussidan possédait autrefois une minoterie dont les meules, mises en mouvement par une roue hydraulique, entretenaient le canton de farines de bonne qualité. Tout en fournissant ainsi la vie aux habitants, cette usine était contraire à la salubrité publique.

Un canal, dans lequel venaient se remiser les eaux nécessaires pour mettre en mouvement la roue motrice, laissait échapper des gaz méphitiques, après l'ouverture des vannes. L'eau ainsi retenue, filtrait à travers le sous-sol siliço-argileux et se répandait dans les caves des maisons environnantes. Il en résultait une humidité constante et malsaine.

Aussi, depuis longues années, toutes les municipalités qui se sont succédé à Mussidan, se sont préoccupées de faire disparaître ce foyer pestilentiel.

Enfin, sous l'administration éclairée de M. Arthur de La Brousse, docteur médecin, et malgré l'opposition de certaines personnes, sur le concours desquelles on avait tout lieu de compter, le but, si souvent convoité, a été atteint, et pour toujours Mussidan a été débarrassé de cette levée de moulin, cause de maladies nombreuses.

Aujourd'hui, on y voit une magnifique place qui, je l'espère, portera le nom de Place de la République. Elle est encore inachevée, mais, les travaux terminés, elle formera un des plus beaux ornements de la Cité.

Hommes célèbres.

Pour les hommes célèbres qui ont jeté quelque éclat sur Mussidan, nous suivrons l'ordre alphabétique, et, de peur d'affaiblir leurs mérites, nous empruntons le récit de leurs hauts faits à l'ouvrage de M. l'abbé Audierne : *Le Périgord illustré*.

1er ALARY.

« Alary (Antoine) naquit à Mussidan en 1777. A peine
» âgé de quinze ans, il s'engagea dans les armées de
» la République et y fit des prodiges de valeur, que les
» annales périgourdines doivent enregistrer.

» Au bois des Chèvres, on le vit rester seul sur le
» champ de bataille, parmi les Vendéens vainqueurs ;
» leur disputer, le sabre à la main, le drapeau trico-
» lore : le prendre, le perdre, le ressaisir et le rempor-
» ter enfin au milieu de ses camarades en déroute.

» Plus tard, s'étant embarqué avec 1,500 hommes,
» le vaisseau qu'il montait fait naufrage sur un ro-
» cher désert. Après cinq jours de famine et de dé-
» sespoir, il se jette à la mer, franchit à la nage les

» six lieues qui le séparent du Continent et est jeté
» mourant sur la côte de Bretagne, où il est recueilli
» par quelques gardes-côtes. Il raconte la catastrophe
» dont il a été victime et la détresse de ses compa-
» gnons. On envoie à leur secours, et, par son dévoue-
» ment, les 1,500 hommes sont sauvés.

» Cinq ans après, à Stokak, il soutint, avec 15 hus-
» sards, le choc de 600 Autrichiens. Couvert de bles-
» sures, inondé de sang, il tombe sous les pieds des
» chevaux qui le meurtrissent. Aperçu par quelques-
» uns de ses camarades, on vole à son secours ; il est
» arraché à la mort et survit à ses blessures.

» Alary ne fut jamais que simple soldat : tant il est
» vrai que le courage n'est pas toujours récompensé. »

2° BEAUPUY.

« Michel Chauland de Beaupuy naquit à Mussidan
» vers la fin du XVIII° siècle. De bonnes études en
» firent un homme supérieur. L'art militaire fut sa
» principale occupation. Naturellement guerrier, il se
» porta avec enthousiasme, en 1793, vers les frontières
» pour en défendre l'entrée. L'Allemagne retentit du
» bruit de ses exploits. C'est au siége de Costhen qu'il
» reçut le grade de général de brigade.

» Doué de nobles sentiments que l'éducation pre-
» mière avait développés, au milieu de ses succès, il se
» montra toujours grand et généreux. La guerre, à ses
» yeux, était un fléau quelquefois nécessaire, mais
» qu'il fallait toujours adoucir. Nous citerons un fait

» qui peint la bonté de son âme et la droiture de son
» caractère. Moreau, son ami, le fit prévenir, dans une
» des villes de la Souabe, qu'il irait le voir pour con-
» férer et dîner ensemble. Beaupuy n'avait que deux
» chevaux : il en vendit un pour recevoir son ami. Ce
» seul trait fait son éloge.

» La modération est une vertu qu'on honore souvent
» malgré soi. Beaupuy fut désigné pour commander
» l'avant-garde de l'armée dirigée sur la Vendée, et la
» première pacification de cette contrée fut en partie
» son ouvrage.

» Arrivé au grade de général de division, il fut en-
» voyé à l'armée du Rhin et de la Moselle. Là, les
» plus beaux faits d'armes mirent le comble à sa
» gloire militaire. Mais sa carrière, qui s'ouvrait de-
» vant lui si brillante, devait bientôt se briser. L'ami
» de Moreau, de Kléber et de Desaix, fut emporté par
» un boulet à la bataille d'Ermendinghen, en 1796.
» Le général en chef lui fit ériger un tombeau à Bris-
» gaw.

» On dit que les habitants de la Souabe ne visitent
» ce tombeau qu'avec respect, parce qu'il renferme la
» cendre d'un ennemi humain et généreux. »

Son nom, gravé sur l'arc de triomphe de l'Etoile, à
Paris, dit assez que le général de Beaupuy fut un digne serviteur de la France. Les portraits des membres de la famille de Beaupuy sont la propriété de Mlle
Lafargue, de Mussidan.

3° CHARBONNIER (Jacques).

Le lecteur a vu plus haut que les comtes de Cossé-Brissac et de Pompadour périrent sous les murs de Mussidan, en 1569.

Dans une échoppe dont l'emplacement est occupé aujourd'hui par la boucherie de M. Echauzier jeune, vivait à cette époque un cordonnier nommé Charbonnier (Jacques).

Habitué à manier l'arquebuse et voyant que sa ville natale allait bientôt succomber et tomber au pouvoir des assiégeants, il jura que la victoire serait chère aux vainqueurs.

Il s'embusqua à une petite croisée de sa boutique et observa attentivement les mouvements de l'ennemi.

Ayant aperçu au pied des remparts les comtes de Cossé-Brissac et Pompadour, il leur décocha deux coups d'arquebuse qui tuèrent les deux comtes.

Après la prise de la ville, la garnison ayant été passée au fil de l'épée, Charbonnier périt avec ses compatriotes.

4° DURANTON.

« Duranton naquit à Mussidan, en 1736. Il avait
» embrassé la carrière du barreau, et s'était attaché
» au parlement de Bordeaux. A l'époque de la Révo-

» lution de 1789, les habitants de Bordeaux le nom-
» mèrent procureur-syndic de leur département. Dé-
» signé à Louis XVI comme un homme digne de sa
» confiance, il devint le ministre de cet infortuné mo-
» narque. Duranton se montra modéré pendant son
» ministère ; il déplut aux hommes factieux et s'attira
» leur haine. Ce fut lui qui, le 2 mai 1792, dénonça
» Marat, comme prêchant l'anarchie dans un journal,
» et fit saisir ses presses. L'orage allait toujours gron-
» dant en France, lorsque ce ministre crut devoir don-
» ner sa démission pour se retirer dans le sein de sa
» famille ; mais il y fut bientôt arrêté comme suspect,
» livré à la commission révolutionnaire et condamné à
» périr sur l'échafaud. Il fut exécuté à Bordeaux le 20
» décembre 1795. Les mémoires du temps traitent sé-
» vèrement Duranton. Il ne faut attribuer cette sévé-
» rité qu'aux passions furibondes dont il ne partageait
» pas l'effervescence. »

Pour conserver la mémoire de Duranton, une rue de
Mussidan porte son nom.

5° LAMBERT (Antoine).

« Lambert (Antoine), né à Mussidan dans le XVIIe
» siècle, entra au couvent de Chancelade, y fit sa pro-
» fession de chanoine et fut nommé curé de Beau-
» ronne. Il est l'auteur de l'*Eloge historique de Jean-
» Antoine Gros-de-Beler*, abbé de Chancelade en
» 1720. »

6° MORAND.

« Le baron de Morand naquit, en 1750, à Saint-
» Etienne-de-Puy-Courbier, près de Mussidan. Il em-
» brassa les principes de la Révolution, servit avec dis-
» tinction et fut fait général de division en 1800.

» L'empereur, qui connaissait son mérite, le nomma
» gouverneur de la Corse et plus tard administrateur
» de Poméranie. Les désastres de 1813 le forcèrent à
» se replier sur la France ; mais il ne put, malgré son
» courage, arrêter la marche des Russes. On le vit
» toujours se tenir au premier rang : C'est là qu'un
» boulet de canon vint terminer glorieusement sa belle
» carrière. »

En reconnaissance de ses services et pour honorer la
mémoire d'un de ses enfants, la ville de Mussidan a
donné le nom du général Morand à une de ses places
publiques.

Mussidan est actuellement chef-lieu de canton de
l'arrondissement de Ribérac.

Sa population est de 2,062 habitants. La ville est
administrée par un maire, un adjoint, assistés de seize
conseillers municipaux.

Mussidan possède une société de secours mutuels en
pleine voie de prospérité et fondée en 1845. Elle est
présidée par M. Ordéga, maire actuel.

Grâce à l'intelligente direction que les membres de cette Société ont eue depuis sa fondation, elle est une des rares corporations dont les ressources permettent de constituer une rente viagère au profit des plus vieux sociétaires que l'âge ou les infirmités empêchent de travailler.

Les femmes sont reçues comme membres participants.

Mussidan possède aussi une société musicale, sous le nom de *Fanfare St-Georges*.

Cette Société a remporté dans les concours de brillants succès. C'est grâce à son influence que le goût musical s'est introduit parmi la population ouvrière de la ville.

Un orphéon, en bonne voie d'étude, charme aussi les loisirs des habitants.

Que les membres de ces deux sociétés s'inspirent bien des idées de discipline et d'union, si nécessaires à l'existence de toute corporation, et leur avenir est assuré pour longtemps.

Mussidan possède aussi une loge maçonnique, dont les bienfaits se sont, à plusieurs reprises, fait sentir dans la localité.

Quelques maisons particulières méritent, par leur construction, d'attirer les regards des visiteurs : la modestie bien connue de ceux qui les habitent nous empêchent d'en parler ici.

Beaucoup de villes plus importantes seraient heureuses de posséder des établissements publics aussi bien tenus et aussi coquets que ceux que Mussidan peut offrir aux visiteurs altérés.

Le Café Junières, le Café Chevalier, le Café de la Tour, le Café des Arts et de l'Industrie sont des modèles du genre.

L'Hôtel des Voyageurs et l'Hôtel de France ont leur réputation trop bien établie pour qu'il soit besoin d'en faire l'éloge.

Visiteurs ! vous pourrez apprécier et juger par vous-mêmes.

Champ du Concours.

Le choix de l'emplacement du concours a été heureux ; les organisateurs ont fait preuve de goût, je pourrais presque dire qu'ils ont été humains.

Les dames surtout leur seront reconnaissantes, car elles n'auront pas à craindre les rayons trop vifs d'un soleil ardent.

Vous vous promènerez, Mesdames, sous un toit de verdure, dans un massif épais de feuillages touffus... à moins que les cataractes du ciel, mais chut !...

Bordé par deux bras du ruisseau de la Crempse, le champ du concours est situé dans les prairies dites prairies de St-Agnan, gracieusement mises, par les propriétaires, à la disposition des commissaires organisateurs.

Cet emplacement a été choisi, tant pour l'agrément du visiteur, que pour le bien-être des animaux qui doivent figurer au concours.

L'eau, si nécessaire en pareille circonstance, serpente en tous sens et répand la fraîcheur.

L'habile entrepreneur saura tirer tout le parti désirable de cette situation.

Je regarde d'ici la cime verdoyante des grands peupliers qui bordent les prairies. Je contemple ces massifs de charmes dont les racines baignent dans le ruisseau de la Crempse. Au milieu de cette verdure, je vois s'élever les tentes aux couleurs diverses qui doivent abriter les objets exposés. Malgré moi, mes souvenirs se reportent aux décors que les peintres habiles savent si bien dessiner pour nos théâtres, et je suis à me demander si, égaré dans la foule, un artiste décorateur ne trouvera pas là, pris sur nature, le sujet du prochain décor pour l'opéra de *Robin des Bois* ou le campement des *Dragons de Villars*.

Mais n'anticipons pas, gardons nos impressions pour le compte-rendu de la fête et laissons juger les autres.

Ici se termine la tâche que je m'étais imposée.

Je ne veux pas laisser reposer ma plume, sans avoir payé un tribut d'admiration et de respect aux enfants de Mussidan que la mort glorieuse du soldat a frappés pendant la guerre de 1870.

Notre ville a payé sa dette à la patrie. Par quel chiffre ? Je l'ignore !

Mais rappelons-nous, mes chers compatriotes, que nos camarades Paul Jaumard et Joseph Boussac ont arrosé de leur sang, le premier, la plaine de Coulmiers, et le second, la plaine du Mans.

A vous, mes jeunes amis, qui allez *entrer dans la carrière*, à vous de garder leur souvenir.

Fixez souvent cette tache noire qui est là-bas, bien loin, et dites-vous sans faiblessse :

> « Nous aurons le sublime orgueil
> » De les venger ou de les suivre. »

Nous inspirant des nobles exemples qu'ont laissés les Alary, les Charbonnier, les Morand, les de Beaupuy, tous enfants de Mussidan, et dont je traçais plus haut l'histoire, n'oublions pas qu'à côté de cette famille qui fut la joie de nos premières années, une famille plus grande nous réclame : La Patrie !

Qu'elle attend de nous d'autres devoirs plus grands que les devoirs privés ou domestiques ; qu'elle veut nous créer d'autres rôles plus difficiles à remplir.

Ne trompons pas son espérance ; instruisons-nous et soyons aptes à lui être utiles.

Cherchons dans toutes nos actions l'honnêteté sans épithète qui convient aux cœurs dignes.

Disons-nous bien qu'il y a dans l'humanité des flambeaux qu'on n'éteint pas d'un souffle, que le plus vivace de tous, c'est l'amour de la Patrie.

Soyons enfin des hommes dont nos descendants puissent dire un jour :

Ils avaient pour guide, la Liberté.

Pour but, le salut de la France.

G. PIVER.

(G. C.)

www.ingramcontent.com/pod-product-compliance
Lightning Source LLC
Chambersburg PA
CBHW061609180626
46818CB00005B/2008